하얀 서릿길

하얀 서릿길

초판 1쇄 발행   2021년 10월 28일

지은이 | 이장우
만든이 | 이한나
펴낸이 | 이영규
펴낸곳 | 도서출판 그린아이

등록 연월일 | 2003. 12. 02.
등록 번호 | 제2-3893호
주소 | 서울특별시 은평구 녹번로 6-11, 201호
전화 | 02)355-3035
이메일 | gmh2269@hanmail.net

ISBN 979-11-91376-03-6(03810)

하얀 서릿길

이장우 시집

그린아이

달항아리의 傘壽 詩人
—이장우의 民調詩와 靑詩(청소년시)를 보고

　文學에는 운문과 산문이 있다. 운문은 詩를 두고 말한다. 詩는 그 성격에 따라 여러 가지로 나누어진다. 시와 동시·청소년시(靑詩)가 있고, 정형시로는 時調·民調詩가 있다. 그 밖에 디카시·가사시·향가시·동화시 들도 있다.

　성인시(自由詩)에는 산문시·장시, 정형에 가까운 4행시 들이 개척되어 있다. 정형시에는 시조와 民調詩가 있지만, 시조에는 동시조·청시조(청소년시조)가 있다. 民調詩에도 동민조시·청민조시가 있다. 이렇듯 시나 산문시나 장시나 서사시 그리고 시조·民調詩·동시… 들도 모두 시의 굴레 속에 속한다. 즉 운문이다. 산문시도 산문율이 있다. 시 속에 내외재율이 없는 시는 그야말로 시가 아니다.

　이장우 시인은 民調詩人이자 청시인이다. 民調든 靑詩든 시는 시니까, 이 부문을 함께 써서 같이 한 권의 시집으로 묶는다 해도 쓴이는 詩人의 이름을 멋대로 달 수가 있다. 바로 시집 『하얀 서릿길』의 이장우 시인 경우가 그러하다. 이 시집 속에는 民調詩나 청시가 같이 편집됐다. 청시 속에는 성인 자유시와 같은 품격들이 더러 끼어 있다. 아마도 시인이 傘壽 전후에 쓴 시들이라서 그럴 것으로 치부할 수밖에 없다.

　시집 『하얀 서릿길』 속에서는 제일 앞 〈제1부 억새꽃〉에 들어 있는 16편의 民調詩가 이 시집의 자랑스런 글꽃밭이다. 民調詩 〈가는 봄〉은 이 시집의 대표작이자, 시인의 평생 대표작 가운데 한 편으로 꼽힐 듯하다.

　꽃진다 말을 해도
　듣는 이 없어,

　오늘도 꽃진다.
　　　　　　　　　　　　　　　　　－이장우 民調詩 〈가는 봄〉 全文

　평민조시 즉 단민조시 18자(3·4·5·6)로는 성공한 표준 민조시에 속한다. 이 밖의 民調 〈구절초〉 〈억새꽃〉 〈돌매화－梅花山에서〉 〈죽부인〉 〈요조숙녀〉 〈오작교〉 〈동짓밤〉 〈홍매화〉 〈여름밤〉 〈노을〉 〈진주탄 폭포－구채구에서〉 〈안면도〉 〈성난 밤바다〉 〈독도〉 〈송반고성〉…들 15편도 다 성공작들이라 3·4·5·6조로는 가작이다. 이번 시집을 대표적으로 빛내주는 역할을 톡톡히 하고 있다.

나머지 靑詩나 성인 자유시에서도 여러 편의 빛나는 작품들이 숨어 있다. 그중 〈한라산 눈꽃〉(제2부) 〈그대, 누구인가요〉 〈수내정의 봄〉 〈어느 5월의 아침〉(이상 제4부) 〈형장의 미루나무 − 서대문형무소에서〉 〈가야금 산조〉 〈달항아리〉 〈섬돌의 울음〉 〈처용의 첫눈〉… 들이 시집을 빛내준다. 〈한라산 눈꽃〉이나 〈어느 5월의 아침〉 〈달항아리〉…들은 역시 대표작으로 꼽을 만한 품격과 시미학을 지니고 있다.

　　꽃망울 터지는 날/봉긋한 가슴/함께 터졌다//4월의 그림 앞에서/속눈썹 감추던 소녀,//드디어, 큰 그림 속으로 들어가더니/연분홍빛 강낭콩/작은 꽃 한 송이로 피어났다//그 그림 속에서 함께/그림이 되었다.//

−靑詩 〈어느 5월의 아침〉 全文

　　온 하늘 다 돌아/하얀 보름달 하나 내려앉았다/이지러지기가 서러워/둥근 항아리 되었다//가슴인지 엉덩이인지/한무더기로 고이 빚은 푸짐한 몸매/박속 같은 조선 여인/살빛 속치마저 벗어던졌다//가느다란 마음으로 목구멍을 들여다보지만/알 수 없어라,/하얀 달 깨어보

기 전에는//들리느니,/오직 바람이 구름 끌고 가는 소리/
큰강물 흘러가는 소리/마음 한편 지는 듯 슬며시 피어나
는/박꽃 한 송이.//

-靑詩 〈달항아리〉 全文

　엘리자베스 영국 여왕이 안동 물도리동에 와서 조선
달항아리를 가슴 깊이 품던 그 '달항아리'가 시인의 가
슴에도 안겨 시 제목으로 덩그렇게 떠올랐다. 그리하여
이장우 시인은 '달항아리의 傘壽 詩人'이란 명찰을 달
아도 될 듯해 미리 축하드린다. '달항아리 시인'이 되기
까지 내조를 너무나도 잘하고 있는 시인 정경혜 女士에
게도 부군의 시집 상재를 맞아 거듭 함께 축하드린다.

2021. 10. 9. '自由文學'에서

義山 申世薰

상강霜降의 들길을 걸으며

이순耳順을 훨씬 넘긴 나이에 첫 시집을 내면서 '소년의 눈으로 하늘을 본다.'라고 술회述懷했던 기억이 난다. 그 후 12년 동안 느긋하게 지내다가 올해 산수傘壽의 해를 맞아 가족들이 채근하는 바람에 설익은 감과 같은 두 번째 시집을 내놓게 되었다. 세상에는 얼굴 없는 시인도 있다는데 나는 맘속으로는 항상 시와 함께 살면서도 시집을 내는 일에는 더 좋은 시집을 내겠다는 욕심으로 망설이며 살아왔다. 그러던 중 우연한 기회에 한 유명한 할머니 배우의 충격적인 인터뷰 기사를 읽고 생각이 바뀌게 되었다. 나는 지금 그분의 이름을 기억하지 못한다. 그러나 그분은 젊은 시절에 유명한 미녀 배우로 알려진 인물이었다. 어느 날 은퇴한 이 할머니에게 한 젊은 기자가 인터뷰차 찾아와서 이런저런 이야기를 나눈 후 기념사진 한 장을 찍기를 원했을 때, '좋아요. 그런데 기자양반, 사진을 찍되 뽀샵하지 말고 내 모습 이대로 찍어야 해요. 이것이 나의 진정한 모습이니까요.' 난 이 글을 읽는 순간 '아이구, 내가 시집을 어떻게 꾸밀까.' 하고 쓸데없이 걱정하던 마음이 사라졌다. 좋은 시냐 아니냐 하는 것은 독자들이 판단할 몫이고 나는 이 시점에서 거짓 각색이 없는 진정한 모습을 보이면 되겠구나 하는 생각으로 부족하지만 내 모습 이대로 나가야겠다는 용기가 생겼다. 이제 내 인생의 절기도 한로寒露와 상강霜降의 계절로 들어선 것일까. 추수와 감사의 계절, 텅빈 들녘에 소금을 뿌린 것 같은 무서리 앞에서 미처 깨닫지 못했던 일들도 생각나고 떠나가 버린 어머니 생각도 난다.

> 어머니 국화꽃 말리던 자리
> 구절초가 줄지어 피었다
> 새벽하늘 투명한 물방울 머금었다
> 밤새 가두어 두었던 별빛들
> 연보라 꽃잎 위로 내려앉는다 (후략)
> — 제1시집 「구절초로 피어난」 중에서

하얀 서릿길을 걸어다니시던 어머니가 그리운 계절이다. 그 길을 뒤따라 걸어가는 내 아내의 모습이 보인다.

2021. 10. 정평천 산책길에서
이 장 우

▶제3부 **고궁의 바람소리**

제1부

억새꽃

[民調詩]
가는 봄

꽃진다 말을 해도
듣는 이 없어,

오늘도 꽃진다.

[民調詩]

구절초

입동에 부는 바람
하얀 서릿길,

너마저 가느냐,
보랏빛 구절초.

[民調詩]

억새꽃

소슬한 갈바람
산엉덩이 쓰다듬으면,

흰수염 헛기침.

돌매화

— 梅花山에서

1.
겨울산 수수 천년
설산의 향기,

하늘꽃 돌매화.

2.
누구를 기다리다
돌이 되었나,

매화산 망부석.

[民調詩]

죽부인竹夫人

1.

댓잎을 스친 바람
서그럭 슬핏,

보름달
한 아름.

2.

귓속말 새기려고
속살을 팠나,

풀내음
살품내.

요조숙녀窈窕淑女

1.

채워도 비는 꽃잔

수줍은 꽃잔,

볼우물 연지꽃.

2.

자색姿色엔 묵향墨香 일고

요화妖花 가리고,

천궁문天宮門 열었다.

오작교烏鵲橋

젖빛강 사이 두고
서로 별이 된,

미리내 미리내.

노을에 쟁기 씻고
멍에 내리고,

독수리 날개
직녀성 찾는 밤.

달빛에 머리 감고
베틀 내려와,

하얀 달항아리,
거문고 켜는 별.

몸 엮어 은혜 갚는
혼불 오작교,

꽃무지개 다리.

*칠석부터 백중까지(7.7~7.15) 호미鋤를 씻고 쉬어 간다는 의미로
 세서절洗鋤節 명절로 지켰다. 여기서는 쟁기를 씻는다.
*견우(牽牛, 소를 부린다)는 은하 서쪽 독수리자리에, 직녀(織女,
 베짜는 여자)는 동쪽 거문고자리의 가장 밝은 首星.

[民調詩]

동짓밤

1.

동짓밤 첫눈 내려
엮은 실타래,

타는
불고드름.

2.

긴 밤을 사리사리
작은 속삭임,

타는
서릿바람.

[民調詩]

홍매화

볏시울 눈꽃 쓰고
터지는 소리,

눈뜬 밤 속삭임.

[民調詩]

여름밤

1.
눈썹달 날아들까
풀어논 가슴,

가까운 긴 하늘.

2.
긴 사연 담으려고
비워둔 가슴,

꽂혀오는 살별.

[民調詩]

노을

구름꽃 노닐다 간
하늘 한마당,

노을빛 한아름.

진주탄 폭포
―구채구에서

해자海子*로 날아드는
천산 선녀들,

쉼없는 춤사위,

벼랑끝
물너울.

*해자海子: 바다의 아들.

[民調詩]

안면도

1.
하늘깃 눈썹 달고
저 혼자 뜨는,

은빛달 금빛향.

2.
물마루 햇살 먹고
저 혼자 지는,

금물결 손사위.

[民調詩]

성난 밤바다

1.
바람을 희롱하는
물마루 울고,

돛대 치는 별빛.

2.
네 이놈 성난 파도
요동치는 해풍소리,

기우는 물면,
호통치는 하늘.

[民調詩]

독도

1.
고와서 서러워라
지는 해 보고,

외로워 우는 섬.

2.
안갯속 물길 여는
한아비 깃발,

꿈속 꿈 작은 섬.

송반고성松潘古城*

서역길 9만 리
문성공주文成公主
빨간 눈이슬,

외로워
천년이.

*송반고성은 서역에서 성도로 가는 관문이다. 정략결혼으로 서역으
로 시집가는 문성공주(당태종의 딸)의 조각상이 손을 흔들고 있다.

제2부
포룡정의 봄

포룡정抱龍亭*의 봄
─ 부여 궁남지宮南池에서

연꽃은 아직도
살얼음 아래 뿌리를 묻고
포룡抱龍의 꿈에 젖어 있는데

방죽 사면에 돋아나는 봄
겨울이 녹는 소리

서동薯童의 노랫소리
선화공주 녹는 소리
봄귀에 촉촉이 젖어든다

해는 버드나무 숲길을 돌아
궁남지 수면을 밟아가고
살빛 고운 공주님의 두 볼은
천년 석양에 붉게 탄다.

*포룡정은 궁남지에 있는 서동의 출생의 비밀을 말해주는 정자이다. 법왕法王의 한 시녀가 이 못가에서 용을 품어 서동을 낳았다. 그가 바로 서동요를 지어 신라 선화공주를 꾀어 법왕의 뒤를 이은 무왕이다.

나의 4월아

4월이 간다
모든 것 다 그대로 두고, 오롯이
그렇게 간다

나는,
회화나무 숲길을 따라
4월과 5월 사이를 걸어가고
진줏빛 보슬비 한 줄기 내려
정든 땅이 적시어질 때
먼 옛날의 흙냄새가
허기진 가슴에 스미어든다

연둣빛 새잎들은 지천으로 나부끼고
리라꽃 보랏빛 남은 향기는
아직도 소녀의 볼냄새 그대로인데

나의 4월은 가고
투명한 하늘 아래 홀로 나 서 있네.

수줍은 입춘

이제,
마른 풀잎 속에
숨죽이고,

초저녁하늘 별이 뜨듯
한 점 또 한 점
연둣빛이 도사린다

빈 들녘은 근질근질
몸부림치고 싶은데

아직은,
문고릴 잡고
맴돌기만 하는 걸 보면
초경을 앓고 있나 보다.

4월의 꽃비

한 순간만이라도
그냥 서 있을 수 없는
분분한 시간들입니다

한눈팔면 목련이 지고
또 한눈팔면
함께 서 있던 나무들도 다
제 갈 곳으로 달아납니다

4월에는
품속의 깊은 언어, 차마
다 열어 보일 수 없습니다

연분홍 살빛 눈물만이
꽃비로 펑펑 쏟아 내립니다.

4월의 축복

해마다 봄이 되면
4월이 오면
윤중로 벗나무들
네 올 줄 즈려 알고
몸집을 늘리고 키를 키우며
기다려 오더니,

해마다 어김없이
분홍빛 망울을
속으로만 머금고 있더니,

오늘, 4월의 첫날
네 첫울음 터뜨린 날
구름 같은 꽃무더기
하늘 가득 토해 낸다.

섬진강 청매화

섬진강이 녹아 청매화가 핀다
한 송이 꽃이면
다 봄인데
온 강섶과 산섶마다
구름 무더기로 내려앉았다

아~ 누가 막을 수 있을까
저 얼음빛 하얀 소녀들의
마구 좋알대는 입술들….

아까시

기다리다
차마
더는 참지 못해

터지는
하얀 가슴

5월도 가네.

5월의 아내

한나절 남촌 나들이에서,
아내는
파랑눈이 되어 돌아왔다
입술에서도 풀빛 꽃물이 흐른다

터져나오는 연둣빛 부리
아랫니 돋아나는 아기의 잇몸처럼
중년의 가슴
얼마나 근질했을까
병산서원 마룻바닥에 펑퍼짐 둘러앉아
잠시 돌아오기가 싫었으리라

아내가 안고 온 우주의 작은 조각들
찻잔에 담았다
연둣빛 물감 화선지에 스미듯
5월의 풋내가
집 안 가득 퍼진다.

꽃들이 바쁜 계절

작은 숨소리에도
행여나 흐트러질까
숨을 죽였습니다

목련, 복사꽃 수줍은 첫 향기
살짜기 왔다가
간다는 말도 없이 떠나간 자리

아까시꽃
기다렸다는 듯
하얀 분내음 토하며
무리지어 달려오네

5월은 눈부셔라
꽃들이 바쁜 계절,
오래 얘기할 시간이 없다네.

박쥐우산

7월의 쏟아지는 소나기
차창을 서늘히 식히고 유화 한 폭을 그린다

나직한 박쥐우산 아래
두 연인의 얼굴은 어디 두고
곱게 젖은 종아리만 빗속을 걸어간다

미등 행렬이 물거울 위에서
빨간 꽃물결로 흐른다

짙은 구름장이 하늘을 가려도
박쥐우산 가는 길엔
미등도 전조등도 염려하지 않는다

눅눅히 젖은 겉옷에
따뜻한 입김만으로
스산한 밤하늘을 달구어 놓고
무지개 꿈을 꾼다.

초동의 중랑천

겨울강은
예나 지금이나
스산한 갈대숲을 헤집고
세월 따라 흐른다

샛강 위로
저문 새가 내려와 긴 다리를 뚜벅이며
물속에 숨겨둔 옛이야기를 찾는다

붉은 해는 서산에 걸리고
소슬바람이 싸늘한 수면을 핥고 가는데
집으로 돌아가는
사람들의 행렬은 길다.

잠들지 못하고

달이 밝은 밤,
매미는 잠들지 못하고
목이 쉬도록 울고 있었다

얼마나
힘들었으면,

나도
잠들지 못하고
속으로만 울고 있었다

형이니까,
형이니까.

사랑이란

너와 나,
세상에서 가장 아름다운 관계였는데

밤하늘의 별을 따주던 마음도
저만치 보내야 하는 아픔

그러나
슬퍼하지 말지니,
너는 나를 떠나야 하고
나 또한 너를 떠나야 하는 것이
순리임을 알 때가 오리라

민들레홀씨처럼 날아간 자리,
우리의 부족함을 아시고
돕는 배필을 주셨나니,
창조주의 섭리를 감사할지니라.

가을남자

가을은
하얀 울음이다
옹이 박힌 그리움 하나
설핏한 가을빛에 말리는 계절이다

봄부터 미루어왔던
그리움과 서러움이
한꺼번에 밀려오는 시간
뭇 벌레들도 울다가 숨을 죽였다

호젓한 등불 하나
공중에 띄운 밤이 오면
가을남자의 밤이 오면
닫힌 가슴 살짝 열어
삭정이 같은 마음
소리없이 털어내리.

가을 독백

가을엔
당신을 불러보는 나의 혼잣말이
시가 됩니다

지나간 날들이 그리워
문득 누구에겐가 편지를 쓰고 싶어
하늘 한번 쳐다보면
당신이 먼저 시가 되어, 성큼
내게로 다가와 서성입니다

하늘은 더욱 푸르고 높아져
내 안은
바람날개로 퍼덕입니다.

한라산 눈꽃

구름 한 무더기 설핏 지나가면
갈치빛 산벚꽃
하늘조차 퍼덕인다

분화구에선
잠자던 흰사슴 뛰어나오고
속된 껍질 다 벗어버린
상아빛 천년 주목
긴 팔 벌려 하얀 승천을 꿈꾼다

한라산
천상의 구름꽃 다 불러모아
세월의 흐름을 멈추어 놓았다.

제3부
고궁의 바람소리

고궁의 바람소리

장락문長樂門 들어서면
낙선재樂善齊 바람소리
단청 없는 사대부집 몸살난 화방벽에
얼룩무늬로 새겨진 역사여,

덕혜옹주 한숨소리
사라진 황실의 애잔한 숨결소리
처마 밑에 젖어 있네

동궁 왕자님들
낭랑한 글 읽는 소리,
언제 들려오려나

부용지芙蓉池 돌아들면 연경당演慶堂
화용월태花容月態 젊은 꽃들의
웃음소리 넋두리소리

내관의 가슴속에 도사렸던
두려움 부끄러움

사라진 연기는,
언제 피어오르려나.

배론* 성지

바위틈 찢고 솟아나는
님들의 목마름

꽃잎들 피었다 진 자리에
다시 꽃들은 피고
5월의 산빛을 씻어 흐르는 물
님들의 눈물 같아라

배론의 산빛 타고 흐르는
이름 없는 순교자의 눈물이여
명주천 백서** 파란의 역사여.

*배론舟論은 이곳 지형이 배의 밑바닥 같다고 해서 지어진 지명.

**200년 전 황사영(알렉시오) 성인의 백서의 산실인 옹기 토굴이 있음.
 백서帛書란 신앙의 자유를 위해 명주천에 쓴 서신(122행 13,384자)
 으로 이 서신이 중국으로 전달되는 과정에서 수많은 순교자와 파란의
 역사가 시작되었음.

천산天山의 하늘
— 구채구九寨溝 상공에서

성난 바위산
힘찬 대가리 불끈 세워
구름바다를 꿰뚫었다

얼음바다 깨어지는 소리
비취빛 호수 숨고르는 소리
하얀 구름꽃
곤륜산崑崙山 날개처럼 펄럭인다

온 바다와 산들이 다
공중에 매달려 있다.

주산지*의 왕버드나무

봄처녀 입김에도
명경 같은 물면은
흔들리지 않는다

산 그림자, 하늘 그림자
바람 그림자까지
가슴에 품고

물속 깊이 뿌리박고
내 등을 토닥여주시던
할머니 같은 왕버드나무
흐린 그림자도 물 위에 누웠다

어족들의 숨소리를 들으며
봄 여름 가을 겨울
3백 년을 버티어오던 깊은 뿌리
언제까지 그곳에 머물러 있을까.

*주산지注山池: 청송 주왕산에 있는 인공 호수.
 1720년 숙종 때 축조(길이 100m, 너비 50m, 수심 7.8m).

구채구九寨溝 사람들

구름바다 뚫고
순백의 하늘에 치솟은 산머리
새파란 하늘호수에서 생수를 길러 내린다

밤의 민강엔 성수가 흐르고
염원의 촛불은 밤새도록 불타고 있다
하늘의 별만큼이나 많은 소원들이
나뭇가지에 하얀 리본으로 날린다

아홉 골 사람들
5색 선명한 깃발 아래서 이 물을 마시고
2천 고지의 검은 야크는
돌산을 먹고 사는데
회색 바위에 뿌리박은 억새는
산과 이슬이 빚어내는 그림을 먹고 산다

구채구는 성수구聖水溝다
새파란 물감으로만 그린 수채화다.

파란 거울의 연서
−구채구의 海子에서

한 여인을 위하여
바람에 달빛을 섞어
거울 하나 만들었단다

악마의 시기로 거울은 깨어지고
수많은 파편들이 흩어져
파란 호수가 되었다네

청옥의 호수들
세상의 멋진 풍광 다 품었지만
아픈 마음 하나 가눌 수 없어
밤마다 고요한 수면 위를 유영한다

하 그리운 사람아
가벼운 숨소리에도 물맴이 일고
무엇을 알리려나 밤새 잠들지 못하고
썼다간 지우고
다시 쓰는 애절한 사연.

목련 피던 밤

목련이 있어
4월은 아름다워라
부어놓은 꽃송이
실바람 불어 셀 수 없네

아득한 지난날의 여름소년이
살평상에 누워
밤하늘의 파란 별을 헤아리다
어디까지 세었는지
되돌아 다시 세어보지만
먼별을 따라가는 바람이 되어
우주를 방황하던 현기증으로
헤아리던 손 내려놓고

오늘은 할아버지가 되어
내렸던 그 손 다시 들어
목련꽃을 헤아린다

봄날의 나른한 오후

꽃가지 사이사이
에미 품에 안겨 있는
보송이 강아지가 아른거린다

작은 집들 사이로 열려 있는
조각하늘이
하얀 꽃그림으로 찬다
조는 듯 웃는 듯 포근한 입술이여.

미라가 된 여인

1.
미라가 된 클레오파트라여,
영창도 없는 벽돌 속에 그대 누워 있는가
바람 한 점 햇빛 한 줄기 그리운 그곳에

차라리 싸늘해도
로댕박물관의 소녀처럼 돌로 앉아 있을 것을…

양탄자 보쌈에서 나온 스물두 살의 여인,
그대 말했던가?
'나는 이집트다, 이집트를 가져라.
그러나 단 오늘밤만이다.'
항변인가 애걸인가,
천하의 영웅호걸들이 경계했던
그 관능의 눈빛 다 어디 두고

가련한 여인아,
무르익은 영원한 39세, 돌이 된 여왕
아직도 그 돌 속에

시저의 넋도 안토니우스의 사랑도 함께 있느냐
이집트의 통곡도 함께 담았느냐
비단옷 칠보단장 다 어디 두고 베옷 한 벌 입었소

아직도 동방제국의 꿈을 꾸고 있는가
'없는 것은 눈雪뿐이라'던 알렉산드리아,
그 도서관도 불타버리고
바다에서도 사막에서도 무참히도 부서지던
그대의 왕조는 불타고
웅장한 피라밋, 별빛 아래 잔잔하다
역사는 그대와 더불어 오래오래 쉬고 있는가

2.
그날의 검은 하늘 밝히며 사막을 찍고 날아가던 별
빛이여,
별똥별이 아니라 네 아비 시저다
신과 함께 있어 너 작은 시저 게살리언*을 지키는
별이라

옥타비우스의 전리품이 되기 싫어,

차라리, 아이시스**에게 구하던 가련한 여인아,

널 시기하던 사람들은 널 전쟁 창녀라 하는구나

피라밋 되기를 원했지만,

그대의 신 아이시스는 허락하지 않았다

시저도 안토니우스도 당신의 스핑크스가 되지 못했다

대영박물관은 차라리 그대의 피라밋이다

이제 야욕의 호걸도 영웅도 없다

다만 당신을 기억하는 지성들만 그대를 지키는 스

핑크스다

지상의 많은 호걸의 연인 클레오파트라여,

그대의 바늘 같은 오벨리스크에는 무엇으로 기록할

거나?

그대의 마지막 바람을 쓸거나?

하루만 더 있으면 태양은 다시 뜨고

그리고 나일강 물은 불었다 줄었다 하며

사막을 적시며 올리브를 짜낼 수 있을 것이라고,

그대가 가고 2천 년이 지난 오늘,
사람들은 말한다
시저가 루비콘강에서 주사위를 던지지 않았더라면,
안토니우스의 애욕이 조금만 냉정했더라면,
그대의 코가 한 치만 낮았더라면.

*게살리언:클레오파트라가 낳은 시저의 아들.
**아이시스:아내로서, 어린아이들을 보호한다는 그리스 시대의 여신.

황소들의 밤

보아라 여기,
그날의 황소들이
별이 되어 다시 모였다

흑암과 혼동의 시대
지상에서 멀어져간 작은 별들이지만
태양보다 더 높이 떠서
한시도 빛을 잃은 적이 없었다

모진 풍파가 세상을 어지럽혀도
창공을 아름답게 수놓았고
세찬 바람 거친 파도가 몰아쳐도
5대양 6대주에 찍어놓은
그대 황소들의 발자국들
결코 지워지지 않으리

광야에 길을 내고 사막에서 물이 솟았다,
거인의 심장을 가진 뜨거운 땀방울들
아무도 알아주는 이 없이

다 사라진다 한들 어떠리
오늘, 나른한 추억 속에 쉬고 있지만
그대 황소들의 발자국들은
궁창의 푸른 별들과 함께 영원히 빛나리

축배의 잔을 부딪치자
늙은 황소들의 소리
그 오기만은 아직 늙지 않았다.

푸른 소나무여 영원하라
―PTC 창립 60주년을 기리며

소나무들, 하늘로부터 내려
척박한 땅에 뿌리를 내리던 날
1958년 11월 3일
불임의 묵정밭에 생명샘이 솟았다

강산이 역사의 어둠속에 웅크리고 있을 때
푸른 소나무들
언어의 장벽을 깨트리고 신생의 날개를 펼쳤다
젊음의 열정으로 깃발을 세웠다
지성의 입이 열리고 가슴의 문이 열렸다
하늘길을 따라 바닷길을 따라
세계화의 길에 올랐다

오, 푸른 소나무여
나 그리고 우리 후손들의 조국을 위하여
한 시대를 함께 살아가는 열방을 위하여
거룩한 사명의 선봉에 선 푸른 소나무여!
횃불을 들고 다시 모여라
흰 머리들아 오라, 검은 머리들도 오라

수많은 이름들이 잊혀져가고
새로운 이름들이 몰려오고
강산이 여섯 번이나 바뀌는 파고 속에서도
역사의 고리를 엮어가는,
늘푸른 소나무 그대 이름은
이 민족의 과거였고, 현재이며, 미래이어라
냇물은 흐르되 쉼이 없음같이
그대 청춘의 기상이여 영원하라

오, 소나무여
우리의 젊음을 송두리째 앗아간 연인이여,
그대 향한 우리의 사랑이 다시금
청춘의 가슴으로 뛰게 하라
내 사랑, 우리 모두의 사랑아
60년이 아니라 600년을 이어가도, 널
눈이 시리도록 바라보고 싶구나

푸른 소나무여 영원하라,
PTC여 영원하라.

꽃의 마지막 투쟁

꺾여진 가지
한 팔 들어 하늘 치켜들고
한 팔 내려 땅을 가리킨다
이제 흔적만 남았네

헝클어진 머리단 가다듬고
수반의 침봉에 꽂혀
물을 빨아들인다
온갖 수치 몸부림치는 너
살아 있음이 죽음보다 아프다

잡힐 듯 말 듯
바라보는 하늘은 멀기만 하네.

10월의 기도

산바람 들바람 넘실대던 날들이 가고
가을이 깊어가네

나를 영원한 소년이게 했던
고향의 은행나무들
노랗게 물들었겠네

굽이굽이 돌아 여기까지 이른
내 인생의 가을은
어떤 빛깔로 물들고 있는지

10월에는 기도하리라
내 남은 날들의 여백에
마지막 무지개빛깔을 채워 보리라.

페르시아의 커피향

시커먼 사내들
주렁주렁 장신구에 벙거지 쓰고
장마당으로 가는 거리엔
페르시아의 양고기 냄새
짙은 약초 같은 커피 냄새
검붉은 홍차 냄새

아~
40여 년 전
페르시아의 불볕 아래
내 피가 뜨거웠던 시절
오일 달러를 캐는 무리들 속에서
나는 내 청춘을 태우고 있었다

오늘 전 세계의 이목이 집중된
중동 땅을 바라보며
아~
아직도 그곳에
커피향이 남아 있는지
맘이 켕긴다.

제4부
그대, 누구인가요

그대, 누구인가요

궁금해요
날개는 어디에 감추어 두었나요
바람처럼 날아온 사람아
그 깊은 속 옹달샘은
아직도 마르지 않았나요

오늘도 전갈 없이 그림자처럼 나타나
병실 가득 바람 같은 기도를 풀어놓고
오래토록 퇴색되지 않을 사랑의 흔적을
열린 가슴에 새겨놓았네그려

2017년 9월 하순
겨울을 준비하는 병동 밖의 키큰나무들
생명의 물기를 머금고
하늘 향해 두 팔 들고 요동을 치네

때를 따라 마른 가슴 적셔주고
석양길에 뒷모습 보이며 되돌아가는
그대는 누구인가요.

수내정藪內亭의 봄

제아무리 혹독해도
봄처녀 입김에는 못 이겨 녹아지고

아침 비둘기 어르는 소리
들리는 듯하더니
온갖 꽃들, 벚꽃·제비꽃까지도
겉옷과 속옷까지 아무 수줍음 없네

세월은, 늘 앞만 보고 흘러
돌아볼 줄 모르는 것
그런 줄로만 알았는데

봄빛도 화사한 수내정에
흰머리로 앉아 보니
마주앉은 세월, 자네 또한
꽃이 되어 되오네.

그리운 추양秋陽

고향을 생각하면, 그리고
지나온 날들을 돌아보면 하 많은 그리움

턱수염이 까칠하던 시절
산그림자가 길어져가던 어느 날 오후
푸른 잔디 위에 나란히 누워
까만 잔디씨 한 줄기 뽑아 물고
한낮의 하늘에서 별을 찾겠노라 안달했던
순진했던 소년아,

이제 흰머리가 되어
서늘한 마음 한 자락 낙락가지에 걸어두고
자네가 그렇게도 좋아했던 건초 냄새 풍성한
가을 햇볕 아래 서면
무슨 말로도 다 이야기할 수 없는 회한이
빈 하늘에 차네

자네와 나의 피곤한 육신
조금씩 아주 조금씩 영원에 가까이 다가가고

소꿉장난하던 자네와 나, 이제는
영원 삶을 위한 새로운 준비를 서둘러야 하리.

하오 한 시

토요일에는
수내역으로 간다
철따라 바뀌는
팔순동심八旬童心의 하루가 시작된다
노욕이 있을 만도 한데
왕년의 자랑으로 언성 높이는 일이 없다
하오 한 시,
느릿느릿 흘러가는 탄천이 보이는
그늘 짙은 숲속의 88벤치,
삶의 멋을 아는 사람들의 쉼터다
세상 번뇌 내려놓고 여든여덟까지 팔팔하게 살자고
우리끼리만 부르는 소박한 이름이지만
이곳에 들면 늙음도 외롭지 않다

일회용 커피잔엔 정직한 모카향이 피어오르고
나뭇잎 흔들리는 소리,
진지하게 펼치는 토론 한마당,
할배들의 말씀 들으려고
시끄럽던 매미들도 숨을 죽인다

해가 설핏 기울 때에야
승자도 패자도 없는 토론은 끝난다
토요일은 이렇게, 또 하나의 청춘에
행복을 충전시키는 장날이다.

어느 5월의 아침

꽃망울 터지는 날
봉긋한 가슴
함께 터졌다

4월의 그림 앞에서
속눈썹 감추던 소녀,

드디어,
큰 그림 속으로 들어가더니
연분홍빛 강낭콩
작은 꽃 한 송이로 피어났다

그 그림 속에서 함께
그림이 되었다.

큰 그림 안에서
ㅡ이강소 화백의 창작마을에서

우리를 닮은
반백의 화가는
멀리서 찾아온 벗들이
하도 반가워서

그의 가장 아끼는 큰 붓을 들어
종심의 가슴에
4월의 꽃 한 송이를 그려 넣었다

눈을 감을수록
잘 보이는 그림,

세월 지나갈수록
머언 별빛처럼
그리움으로 되살아날
그런 그림을….

소년에게 · 1

한낮의 햇살
교정의 조각상 위로 꽂힌다
이글거리는 지열
정오의 운동장에 떨어지는
뜨거운 땀방울

소년아,
알몸으로 뒹굴어보자

성장의 계절이 탄다
두둥실 조국의 하늘에
부푼 꿈이 탄다.

소년에게 · 2

작은 잎새의 흔들림에도 눈물 흘리는
너는,
때묻지 않은 순수다

때로는 군중 속에서도 외로움의 늪을 헤매는
너는,
순진한 두려움이다

일어나라
아침의 새소리에 설레는 가슴아

먼 산맥들이 일어나고
파도가 밀려온다
네 탄탄한 가슴에 날개를 달아라

노래를 불러라
미로상자에 접어 두었던
해보다 밝은 영혼의 노래를.

소년에게 · 3

소년아!
잡아둘 수 있는 힘이 있다면
세월의 한 허리를 베어내어
애드벌룬처럼 창공에 띄워놓고
시리도록 바라보고 싶구나, 그러나
아침이 지나면 저녁이 오듯이
해는 서산마루에 걸렸다가
저녁 으스름 속으로 사라져가야만 하는 것,

그러니 소년아,
흑암 가운데서 해를 잡을 수 없다면
청년의 때를 기억하여 세월을 아껴라

소년아!
환란 가운데 부르짖으며
두 팔 벌려 맞아주실 이를 사모하며
밤으로의 긴 항로에
등불 되어 타올라라.

빈자리

　ー작은 수첩을 보며

눈으로는 울어도
입으로는 웃는 척 살아온 사람아
나는, 그대 얼굴에서 나를 보았네

부르지 않아도 달려왔던
우리들만의 이름들이, 언제부턴가
손바닥만 한 작은 수첩에
듬성듬성 빈자리를 남겨놓았네

머ー언 성좌星座에서 들려오는
아련한 풀피리소리,

산바람에 밤꽃내 풀어
산허리 품으려고 날뛰던 객기들
바람으로 오시려나
구름으로 오시려나

배롱나무 가지 끝에
한아름 달빛이 출렁인다.

코로나19 유감有感

보릿고개 넘은 지 얼마나 되었다고
종살이하던 때가 몇 해나 지났다고
두렵지도 않은가 간큰 사람들
하늘 보고 주먹질 종횡무진 쓸고 다닐 때
참다못해 나타난 왕관 쓴 불청객이
패역한 세상을 후려쳤다
처처에서 들려오는 탄식 소리
새벽부터 긴줄 지어 마스크 쓴 초라한 얼굴들
시골장터의 굴비 꾸러미다

꽃은 피어 한창인데 봄을 잃어버렸다
그동안 우리는, 그 큰입을 열어
얼마나 많은 거짓말 바이러스를 다투어 쏟아냈던가
이제는 선량한 입마저도 마스크로 봉해버렸다

이젠, 하늘의 음성을 들어야 할 차례다
코로나19, 하늘의 경종이다
부질없는 탐심과 가식의 옷을 벗으라 한다

문명된 기계보다 야만인 인생이 좋단 말이 그립다

아침 산책길의 잔잔한 시냇물 소리
산에서 불어오는 바람 소리
꽃진 자리에 자연이 살아나는 소리
이제는 너와 나, 모두 돌아와야 할 차례다
아~ 그리워라, 창조의 아침이여!

(2020년 4월이 저물어가는 탄천에서)

어디로 가시렵니까
— 심현영 회장 영전에

매화향기 가득한 3월에
때 아닌 국화꽃 한 송이를 드립니다

향년 77세
바쁘게만 살아오신 세월
무슨 더 바쁜 일이 있어
그렇게 쉬이 가시렵니까

심성이 온유하시어
환한 웃음을 잃지 않으셨는데
아무도 알 수 없는 길
이제 어디로 가시렵니까

헛되고 헛되니 모든 것이 헛되도다
솔로몬의 길을 가시렵니까
지금은 삼라만상森羅萬象이
다투어 일어나는 계절,
오고가는 섭리를 거역할 수 없어
순복하는 길이 외롭구나

황사바람 이는 하늘
눈물 같은 이슬비 살짝 내려
가시는 길 먼지를 적시고
하늘길도 정결케 하시니
잘 가세요, 부디
뒤돌아보지 마시고….

그가 떠나간 5월
— 고 장효성 장로 순교 1주기를 추모하며

아무도 들어가 보지 못했기에
그 속에 고인 눈물 얼마나 뜨거운지
어찌 알 수 있으랴

아픔을 딛고 일어서라
환송의 찬송소리가 하늘을 흔들어도
먼길 따라가지 못하고
내려놓은 무거운 머리
여윈 손바닥으로 감싸안았네

친구는
그토록 사모하던 본향으로 갔다지만
남겨진 임은 어쩔런가, 무정한 사람아

올해도 그해처럼 5월은 깊어가는데
오, 주님
눅눅한 하늘을 열고
바람같이 오소서.

제5부
다시 부르고 싶은 노래

고향 자갈길

높은 산 그림자 좁은 개천에 짙게 깔리고
양지마당마다 볏짚 마르는 냄새
목이 긴 백자항아리엔 하늘이 가득한 곳
포성이 요란해도 듣는 이 없고
맥아더 장군 B-29 날 때도
큰새 한 마리 날아간다 환호했다, 나의 친구들

단기 4287년 4월 18일 자갈길엔 벚꽃 피었고
도회로 떠나기 전날밤 열두 살 소년은 꿈을 꾸었다
화차보다 큰 황금빛 마차에
모자 위에 모자 얹어 일곱 개 모자 쓰고
양팔에는 금시계
짭짤한 고기 냄새 가죽구두 빛내며
곱게 생긴 여자 하나 비단옷 입혀
좁다란 자갈길 굽이돌아 뽀얀 먼지 날리며
돌아오는 꿈

바람이 지나가고
산은 푸르다 붉었다 50회를 거듭했다

인심 좋던 사람들 맨불알친구들도
시름시름 저녁연기처럼 사라지고
고향길에 깔린 자갈들은 아스팔트 밑에서 자고 있다
떠나간 사람들 돌아오는 날
뽀얀 먼지를 한없이 날려보고 싶다
파란 하늘 끝까지.

벚꽃 잔치

눈 하나 묻어오니, 마을은 간데없고
온몸은 꽃 속에 묻힌다

들려오는 건 오직
꽃들의 가쁜 숨소리뿐
내 심장 박동소리뿐

노란 꽃분 속엔 낮별이 빛나고
열린 꽃잎마다 우러나는 싱그러운 하늘 냄새
고향 마을이 떠오른다

내 작은 눈이 둥근 하늘보다 클 줄이야
풀향기 사춘思春 한번 봇물처럼 터진다.

깃발 축제
— 청마 탄생 백 주년을 기려

흐린술 한 사발에
세상이 동전만 하더니,
바다 언덕을 향해 나부끼는 깃발 아래 서니,
내가 동전만 하네

오늘,
백 마리의 푸른 말들이
'노스탈자의 손수건'을 흔들며
하늘 날아오르네.

(통영 청마문학관에서)

옛거리에서

고미술상 바람든 돌상들
내 땅을 접수하고 열병처럼 서 있다
먼지바람 뒤집어쓰고 석양빛에 눈살 찌푸린다
어디서 왔는지조차 모른다

양키 시장 에누리해 간신히 건진 똥구두
자랑삼아 뚜벅이 걸어다니던 거리
조선다리 여학생 뒷걸음걸일 바라보며
버스 몇 대씩 놓치고도 염려하지 않았다
새삼 오늘 그 길을 다시 걷는다
오랜 시간 지난 만남인데
반색은커녕 외면을 한다

50년 토박이라는 중년사내 침 튀기는 자랑 속에
어머니 옛 사진 보듯 어렴풋한 거리
토기와 시멘트 기와에 푸른 페인트 발라놓고
'쫄병 막창구이' 언제 생긴 신조어인가
입은 마르고 코만 살찌던 짜장면집 이젠 없다

아무도 그림잘 지울 수 없는 거리
누군가 곧 어깨를 툭 칠 것만 같다
조신이 걸어가는 웬 낯선 이
행여 여길 짚어 되돌아보지만
미로엔 강물 살라먹는 해
넝쿨장미줄기를 따라간다.

형장의 미루나무
―서대문형무소에서

인왕산 가을빛 저리도 고운 날
파리한 미루나무* 하나 섰다
핏빛 머금고 서 있다
잎사귀에 절여진 검붉은 방울
텅빈 나무비늘 벽 위로 떨어진다

꽃나무들
교수대 무릎 앞으로 걸어가던 날
붉은 담장 앞 미루나무 붙들고 눈물 흘렸다
질녘 햇살
붉게 꽃핀 볼기짝
나무는 차마 하늘 우러르지 못했다

켜켜이 배어 있는 꽃들의 아우성
눈망울 비벼대는 어머니들의
흰옷 입은 검은구름들 일어선다

光復 回甲,
죽인 자도 다 떠나가버렸다

교수대 뜰안엔 바람소리뿐
미루나무 한 그루 증인으로 서 있다
개가죽나무 다섯 그루 함께 서 있다

'굽은 나무가 선산 지킨다'**
눈먼 역사를 알 때까지 들려주고 싶어
'독립공원' 백년수 아름드리로 섰다
하늘 높이 서서 자라고 있다.

*서대문 형장엔 미루나무 두 그루가 있다. 사형장 입구의 한 그루
는 형장으로 끌려가던 독립투사들이 마지막으로 붙들고 통곡했던
나무. 형장 안뜰에 있는 또 한 그루는 사형수들의 한이 서려 백
년이 지난 지금까지도 작은 나무 그대로 서 있다.
**한국 전래 속담을 인용.

가야금 산조

자진모리 휘모리장단
물길 밟아간다
시작도 끝도 없이

온몸
날개 돋는다

별을 찾아 난다
천년의 향기
바람 속에 핀다

천년학千年鶴
하늘 난다.

달항아리

온 하늘 다 돌아
하얀 보름달 하나 내려앉았다
이지러지기가 서러워
둥근 항아리 되었다

가슴인지 엉덩이인지
한무더기로 고이 빚은 푸짐한 몸매
박속 같은 조선 여인
살빛 속치마저 벗어던졌다

가느다란 마음으로 목구멍을 들여다보지만
알 수 없어라,
하얀 달 깨어보기 전에는

들리느니,
오직 바람이 구름 끌고 가는 소리
큰강물 흘러가는 소리
마음 한편 지는 듯 슬며시 피어나는
박꽃 한 송이.

가을 편지

9월, 동구 밖을 나서면
가슴 한 언저릴 쓸고 가는 바람이 인다
먼길 떠나고 싶은 나무들
빗물에 몸을 씻고 고운 옷 갈아입었다
스산한 바람이 빛 고운 가지를 흔들어댄다,
날 따라오라고

9월, 강둑에 나서면
두 팔 벌려도 다 안을 수 없는 아쉬움이 있다
누가 널, 애호박꽃이라 했던가
새벽이슬 초롱이 내린 섶다리 건너 모래방천에서
흐드러지게 뽐내고 있는 너를

9월, 해거름산길에 들면
풀피릴 부는 애잔한 바람이 인다
저문 산 그림자를 덮어쓰고
가을여자 배꼽 같은 풀꽃들이
바위틈에 붉그레 물들었다
바람에 온갖 것 다 맡겨놓고는

노을빛 구름 위에 누웠다.

섬돌의 울음

가을의 소리는,
긴 활줄을 세워
밤하늘 한 자락 썰어내리는
처절한 울음이다

봄부터 가을까지
이 밤을 위해 다듬어왔던 노래를
별빛 속에 토해낸다

찌르르 찌르륵
섬돌이 울고 있다
지상에 남기는 마지막 노래
오동나무 마른 잎 함께 울고 있다.

처용의 첫눈

산매화 하얗게
하늘 가득 피던 날
첫정 뜯들기도 전에 시샘바람 불어
꽃잎 다 실어가더니,

무심히 하늘 한번 쳐다보고
처용가를 부르며 돌아서더니,

꽃잎, 오늘 첫눈
오동나무 가지 끝에 눈꽃 내려앉는다
저미는 서러움의 맨발 시린 뜨락에
더 벗을 것 없어 마음 벗었다

하늘 우러러, 울어버렸다
하얀 노랫소리 피어오르고
비둘기 꽃가지엔 바람도 불지 않았다

작은 새 한 마리도
날아 앉지 않았다.

겨울강가의 위령탑
― 경부고속도로 순직자 위령탑 아래서

겨울밤 별빛 아래
돌탑 하나 잠들지 못한다
안개바람 휘감고 저 혼자 서 있다
돌산자락 휘돌던 금강의 흐름도
그날의 산색 그대로 파라히 얼어붙었다

육중한 화강석 돌탑 안에서 들려오는
산업 전사들의 목청을 가려듣는다
경부고속도로 1970년 6월
지각을 가르던 890만 아우성
짐승처럼 울었다

꽃잎들 영전에 달빛 든다
일흔일곱 명 꽃다운 핏방울 혼자 머금었다
지나가는 사람들 눈길
차가운 비문 앞에 잠시 모였다 헤어지고
봄 여름 가을이 날아가고
지금은 겨울바람이 지나간다
별빛도 한 무더기씩 내려와 흩어진다

'혼들이여, 내려와 편안히 깃드소서,
웃으옵소서.'*
세운 이가 찾아와도 반색할 줄 모르는
천진무구한 돌탑아
돌아서는 하얀 발길이 부끄럽다.

*위령탑 비문의 마지막 구절.

언어 경제와 단시短詩의 매력

김지원

시인, 전 한국크리스천문학가협회장

1.

시는 길 필요가 없다. 시는 설명이 아니기 때문에 구체적일 필요가 없고 과학적인 것이 아니기 때문에 증명할 필요가 없으며 경제 원리가 적용되므로 장황하거나 상식선에서 머무는 말의 낭비 또한 무용한 일이다.

물론 태생적인 장시가 있을 수 있다. 산문시로 대변되거나 극시나 서사시의 형태를 띤 다양한 형태의 시가 있을 수 있다. 그럼에도 불구하고 시가 구태여 길 필요가 없는 것은 시는 본질적으로 언어의 과소비를 거부하고 있기 때문이다. 시에 있어서 경제 논리의 적용은 특별하다. 경제가 잘못되었을 때 조직 전체의 기능이 마비되듯 말의 경제가 잘못되었을 때 작품으로서 모습을 기대할 수 없기 때문이다. 그렇다면 시에 있어서 보편적 원칙은 무엇인가. 그것은 최소의 언어

로 최대의 효과를 내는 것이다. 이런 의미로 이번에
상재한 이장우의 작품을 변별할 수 있을 것이다.

입동에 부는 바람
하얀 서릿길,

너마저 가느냐,
보랏빛 구절초.

      －〈구절초〉 전문

상기의 시는 단 두 연으로 이루어진 단시(민조시)
이다. 여기서 첫째 연은 다음 연을 이끌어내기 위한
상황 설정이다. 입동을 맞아 숙명적으로 다가오는 시
간을 설정한 다음 두 번째 연에서는 떠날 수밖에 없
는 당위성을 느끼게 하고 있다.
다음의 시를 보자.

꽃진다 말을 해도
듣는 이 없어

오늘도 꽃진다.

      －〈가는 봄〉 전문

역시 상기의 시도 단 두 연에 불과하다. 첫째 연은 2

행이고 둘째 연은 1행이며 자구 수는 18자에 불과하다. 물론 이 시는 민조시의 형태를 취하고 있다. 주지하다시피 민조시란 3·4·5·6자로 이루어진 우리 민족 고유의 음수율을 따르고 있는 시이다. 천부경 수리학에서 도출해 낸 것이라 하나 여기서는 민조시 발생 여부에 관한 문제가 아니라 단시가 지니는 매력에 대한 것이므로 차후로 미룬다. 그렇다면 단시의 매력이란 무엇인가. 말할 필요도 없이 "짧은 타종 긴 울림"이다. 그리고 단시가 지니고 있는 깊은 의미 전달이다. 그런데 이 범상치 않은 의미 도출은 고개지顧愷之가 말한 대로 천상묘득遷想妙得에서 출발한다. 천상묘득은 발상의 전환을 말하는데 고정관념에서 탈피할 때 얻을 수 있는 절묘한 낯설기를 말한다. 다시 말하면 생각을 바꿀 때 나타나는 기발한 발상과 참신한 문장을 얻을 수 있다는 말이다.

상기의 시 〈가는 봄〉은 단지 2연 3행에 18자로 봄에 대한 이미지를 표출해 낸 작품이다. 꽃진다 말을 해도/듣는 이 없어//오늘도 꽃진다. 여기서 시인은 꽃이 피고 지는 자연계의 일반적인 순환 현상에 삶의 화두를 접목시키고 있다. 즉 꽃이 지는 이유가 질 때가 되어 지는 것이 아니라 말을 해도 들어주는 사람이 없어 피고 지기를 반복한다는 것으로 흔한 일상의 몇 마디 말로 선시의 감동을 이끌어내고 있는 것이다. 이로 미루어 보면 잘 만들어진 시란 종과 같아서 그 여운이 오래가는 것이라 할 수 있을 것이다.

2.

이 시집에는 짧은 시만 있는 것은 아니다. 클레오파트라를 노래한 〈미라가 된 여인〉이라든지 대학 시절의 한때를 회상한 〈푸른 소나무여 영원하라〉 등과 같은 긴 시도 있다. 그러나 그 외 대부분의 시들은 15행 전후의 길이거나 단시의 형태를 취하고 있다. 아래의 작품은 5월을 노래한 시이다.

작은 숨소리에도
행여나 흐트러질까
숨을 죽였습니다

목련, 복사꽃 수줍은 첫 향기
살짜기 왔다가
간다는 말도 없이 떠나간 자리

아까시꽃
기다렸다는 듯
하얀 분내음 토하며
무리지어 달려오네

5월은 눈부셔라

꽃들이 바쁜 계절,

오래 얘기할 시간이 없다네.
                    -〈꽃들이 바쁜 계절〉 전문

상기의 시는 4연으로 구성된 시이다. 꽃들이 다투어 피는 만개한 어느 봄날에 포커스를 맞추고 있다. 1·2·3연 공히 일반적인 개화기의 모습을 묘사하고 있다. 그러나 평범한 이 작품의 완성도를 높여준 것은 4번째 연 마지막 행이다. 꽃들에 대한 아름다움, 눈부심, 화려함 이런 장황한 수식어가 필요 없을 만큼 숨가쁘게 피어나는 상황을 "오래 얘기할 시간이 없다네."라는 일상의 말을 끌어들여 시의 완성도를 높여주고 있다. 다른 장르도 마찬가지지만 끝맺음이 얼마나 중요한가를 보여주는 단적인 예라 하겠다.

궁금해요

날개는 어디에 감추어 두었나요

바람처럼 날아온 사람아

그 깊은 속 옹달샘은

아직도 마르지 않았나요

오늘도 전갈 없이 그림자처럼 나타나

병실 가득 바람 같은 기도를 풀어놓고

오래토록 퇴색되지 않을 사랑의 흔적을
열린 가슴에 새겨놓았네그려

2017년 9월 하순
겨울을 준비하는 병동 밖의 키큰나무들
생명의 물기를 머금고
하늘 향해 두 팔 들고 요동을 치네

때를 따라 마른 가슴 적셔주고
석양길에 뒷모습을 보이며 되돌아가는
그대는 누구인가요.

―〈그대, 누구인가요〉 전문

상기의 시는 병상에 누워 있을 때의 상황이다. 〈그대, 누구인가요〉라는 제목이 보여주듯 시적 긴장으로 시작하고 있다. 그는 마치 숨겨논 날개라도 달고 있듯 홀연히 나타나 병실 가득히 기도를 풀어놓고 총총히 사라지던 사람인데 첫 연을 읽어보면 그는 "아직도 마르지 않은 마치 속 깊은 옹달샘 같은" 마음을 가진 사람이라 할 수 있다. 따라서 그 사람은 변치 않는 우정을 보여준 그 누구라 유추할 수 있다. 그러나 그 상대가 누구든 독자는 상관치 않는다. 단지 오래토록 퇴색되지 않은 사랑의 흔적을 보여주고 간 그가 얼마나 감동적인 사람인가를 생각할 뿐이다. 그는 마지막 설의법設疑

法을 동원하여 독자들에게 그가 누구인가를 되묻기 함으로 의미를 강조하고 있다.

3.

시는 함축이므로 의미를 내포하는 말의 선택이 중요하고 일반적인 언어로는 한계를 느낄 때가 많다. 따라서 효과적인 언어 선택의 한 방법으로 감각적인 언어 선택을 하는 경우가 있는데 시각이나 청각 또는 후각 등의 육감적 어휘로 의미를 전달하고 더 나아가 두 가지 감각이 동시에 지각되는 공감각적인 표현이라든지 감각의 전이가 동원되는 경우도 있다.

> -(전략)-
> 서동의 노랫소리
> 선화공주 녹는 소리
> 봄귀에 촉촉이 젖어든다
>
> 해는 버드나무 숲길을 돌아
> 궁남지 수면을 밟아가고
> 살빛 고운 공주님의 두 볼은
> 천년 석양에 붉게 탄다.
> ―〈포룡정의 봄〉 후반부

서동의 출생 비밀을 알려주는 부여 궁남지에 있는 포룡정에 가서 방죽 사면에 봄이 돋아나는 것과 동시에 겨울이 녹는 소리를 듣는다. 그리고 그와 더불어 선화공주의 마음 역시 녹는 소리라는 은밀한 표현으로 비교하고 있다. 그러나 아래의 시는 좀 더 강한 구체성을 띤다.

성난 바위산
힘찬 대가리 불끈 세워
구름바다를 꿰뚫었다

얼음바다 깨어지는 소리
비취빛 호수 숨고르는 소리
하얀 구름꽃
곤륜산 날개처럼 펄럭인다

온 바다와 산들이 다
공중에 매달려 있다.
　　　　　　　　　　　　－〈천산의 하늘〉 전문

포룡정의 봄이 은밀하다면 천산의 하늘은 좀 더 강렬한 정경을 묘사하고 있다. 이런 유類의 기법은 문학뿐만 아니라 미술에서도 나타나는데 조각은 좀 더 사실적이다. 미켈란젤로의 3대 조각상 가운데 하나인

〈다비드상〉이나 미론의 〈원반 던지는 사람〉 그리고 사랑과 미를 관장한 여신인 아프로디테를 묘사한 〈밀로의 비너스상〉 등에서 보여준 것들은 한결같은 나상으로 희랍인들이 생각하는 최고의 미美로 성을 신에게 헌정하는 의미와 맞물려 있다. 단시短詩지만 아래의 시는 직설적이며 감각적인 표현이다.

소슬한 갈바람
산엉덩이 쓰다듬으면,

흰수염 헛기침.
—〈억새꽃〉 전문

이장우의 시는 언어 경제학에 투철하며 일상적인 말들로도 능히 선시의 울림과 같은 시를 쓰고 있다. 이러한 것들은 그의 시 도처에서 발견되는데 〈주산지의 왕버드나무〉에서는 "흐린 그림자도 물 위에 누웠다"든지 〈파란 거울의 연서〉에서는 "한 여인을 위하여 바람에 달빛을 섞어/거울 하나를 만들었단다"든지 〈4월의 꽃비〉에서는 "한눈팔면 목련이 지고"라는 부분 등이다. 그리고 그는 이런 묘사를 통하여 완성도를 높이고 있다. 마지막으로 그의 작품 달항아리를 보자.

온 하늘 다 돌아

하얀 보름달 하나 내려앉았다
이지러지기가 서러워
둥근 항아리 되었다

가슴인지 엉덩이인지
한무더기로 고이 빚은 푸짐한 몸매
박속 같은 조선 여인
살빛 속치마저 벗어던졌다

가느다란 마음으로 목구멍을 들여다보지만
알 수 없어라,
하얀 달 깨어보기 전에는

들리느니,
오직 바람이 구름 끌고 가는 소리
큰강물 흘러가는 소리
마음 한편 지는 듯 슬며시 피어나는
박꽃 한 송이.
                              −〈달항아리〉 전문

　첫 연은 보름달이 내려와 달항아리가 되었다는 발상
으로부터 시작한다. 그 달은 날이 가면서 이지러지기
싫어서 된 달인데 거기서 그는 만월과 박속 같은 조선
여인의 모습을 오버랩시키고 있다. 백자로 대표되는 조

선의 달항아리의 신비한 모습을 깨보기 전에는 알 수 없는 것쯤으로 묘사하고 그 속에서 바람이 구름을 이끌고 가는 소리를 듣고 있다. 그리고 마침내 마음속에 피어나는 박꽃 한 송이를 본다. 결국, 그는 그 자신 스스로를 달항아리 속에 깊숙이 몰입시키고 있는 셈이다.